JN115709

歌集

春蟬鳴けり

神田あき子

砂子屋書房

*目次

平成二十一年（二〇〇九年）

平成二十二年（二〇一〇年）

平成二十三年（二〇一一年）

平成二十四年（二〇一二年）

装画・神田律子
装本・倉本　修

歌集　春蟬鳴けり

凍土　　二〇〇九年

年移る夜更けの庭にしんしんと満ちたる月の光差しをり

年始めの朝のしづけき心にて仏事いくつか手帳に記す

老づきて得たるいとまの過ぎやすく家ごもりをり一月半ば

落つる音聞きとむるなく日々過ぎて凍土に積もる椿の紅は

貧困の内にかがやく生のあり師の歌若きわれを支へき

三日居て交はす言葉のおほかたは食のことにて子は帰りゆく

緋桜

あふぎみる二月の空の青きかな緋桜の枝交はすあはひに

咲く花も地に敷く花も緋の色のあざやかにして二月の桜

降り出でてやがてはげしき夜半の雨躰ひらたくなりて目をあく

やうやうに慣れて腕(かひな)に眠る猫生あるものの重さを抱く

起きいづるを廊下に待ちてゐし仔猫そのぬくもりが足にまつはる

畑より戻るを家に待つ仔猫声のやさしくわれを呼ぶなり

かたはらに坐れる猫はもの言はぬ賢者の眼にてわれを見上ぐも

轍

朝よりの冷たき雨に吹かれつつ喪にゆく列車ひとり待ちをり

おもむろに温まりゆく車内にてこはばる両の掌(てのひら)ひらく

車窓より見下ろす街のしたしさや狭き軒端に草木の育つ

刈りをへし稲田の土にふかぶかと轍のこれり雨を湛へて

久々に帰り来し子が春さむき真昼間しんと炬燵に睡る

三月の冷たき雨のけふも降る花咲く梅に鳥の来(きた)らず

仔を産まぬ躰となりて帰り来し猫のあはれを腕(かひな)に抱く

病棟

ときながく検診を待つ窓の外枯芝に萌ゆる赤らすかんぽ

内視鏡検診をへてくたくたの物体となりし躰横たふ

単純なテレビドラマに泪いづ辛うじて病室のひと日過ぎつつ

七階の晴れたる窓に五井山の全容が見ゆ桜咲きたり

ひすがらの風しづまりし夕つ方病棟の長き廊に日の差す

つれあひのさだまる鳩かけふも二羽病室の窓に来て春日浴む

との曇るゆふべの光集むがに樟若葉明かし見下ろす街に

ゆふぐれの曇あまねき空の下鈍色(にびいろ)の海たひらかに照る

風知草

わが猫のよろこびて食ふ風知草嚙まれし若葉みじかくそよぐ

二時間ほど戸外にをりしわが猫がかほ賢しらになりて戻り来

生れて一年すでに仔猫にあらずして躰おもたくなりし足音

歩み来る白き犬わが旧知にて脚よはき老をけふも伴ふ

牛飼ひ

年古りし木立のなかに牛舎ありなま温かく風湧くところ

繋がれて並ぶ牛らは一斉に顔うち向けてわれを見るなり

反芻をしつつ見開く双眼に吾はしたしき者に映るや

祖父の代より牛を飼ひつぐ青年のトラックが行く刈草積みて

うらうらと牛を飼ひしはまぼろしか人家の増えて生き難き世ぞ

牛飼の妻の詠みたる俳句あり公民館便りくればわが読む

樟若葉のそよぎの下にうごく風残花のかをりふりこぼしつつ

散るべきはおほかた散りし樟の樹の一葉落下のひびきわが聞く

春蟬鳴けり

人の香をとほく離れて来し山に六月なかば春蟬鳴けり

いづへより吹かれ来たるか山みづの滲むがうへに散れる白花

上り来し山上の小さき湖に風ありひとかたに水押されつつ

岩陰の淀める水に花びらを零してやまぬ谿の空木は

声ありとふり向けば木々のあはひより差す光あり草を照らして

青空のにはかに開けなまなまと光を浴ぶるわれと青羊歯

風音のきこゆるのみに六月の空をさへぎる山毛欅(ぶな)の林は

道の辺の実生の枇杷の葉隠りに熟るる実のあり鳥も来ざらん

慰めの言葉にも似てほの甘し口中に枇杷の種を転がす

利尻　礼文

雲の上に高度をたもつ窓の外塵埃のなき光渡らふ

霧はるるつかのまにして島山の草生は深し飛ぶものを見ず

ゆるやかに海になだるる稜線は利尻の山ぞひとつ島なす

まのあたりそびゆる利尻山に降る霧は礫（つぶて）となりて流れ来

海ちかきなだりに墓石立つところ十に満たざるひとつかたまり

小屋内に干鱈を木槌に打つ媼待つ人ありやその日日（にちにち）に

離りゆく利尻の島はたちまちに一つ山影となりて遠のく

その後

われの手を持ちて問ひかくる声のあり意識かすかに戻らんとして

病室に五日をともに過ごしたるをみなのその後を思ふことあり

午睡より覚めてうつつに還るまで空に泡立つ熊蜂のこゐ

家毀（こぼ）つ過程に見えてあらはにも電灯を吊る部屋に日の差す

屋根崩す響きのなかにさえざえと瓦打ちあふ音のきこゆる

午後の雨にぬれて畑より戻りくる秋に入る雨しんと冷たし

訪れしは一年前かひとり住む友の訃報が遅れてとどく

蜜柑山

収穫の遅るる蜜柑山あたり朝はやくより鴉の声す

大臣のしどろもどろの答弁をラジオに聞きつつ蜜柑摘みをり

暮れはやき蜜柑山より下りゆく茜広ごる空に向かひて

労働に疲れし躰はかなきにわが上の空広く夕映ゆ

からうじて蜜柑の穫り入れ終へたれば朝より庭に枯れ菊を刈る

満たさるる者の驕りと気づきしよりおのづからなる距離を保つも

たまたまに得し歳晩のいとまにて籠れる部屋に林檎の匂ふ

嫁ぎたる子の街に移り住むといふ友よ山の畑恋ふらん

通ふものありと言ひくれしことのあり長坂梗氏の声を忘れず

宮居の森　　二〇一〇年

あらかじめ社の森の木々染めてあらたまの日は昇りくるなり

光さす窓の辺（ほとり）のしづかさやシクラメンは真白き花粉をこぼす

臨終の母に告げたるわが言葉聞き留めたりや今に思ふも

この年の蜜柑価格の暴落を予告して終ふ研究会は

待つのみの猫のひと日は長からん抱けば冬の日の匂ひあり

飯をへて炬燵にねむりゐる夫農に疲れし顔若からず

母の植ゑし牡丹ことしも花芽もついくばくも株の太らぬままに

水の光

朝明けの風湧くところ大き樟の若葉はそよぐいまだ音なく

いちはやく咲く山桜一木あり畑に通ふ道の辺(ほとり)に

ひもすがら若葉揺らしし槻の木のおごそかにして深き夕闇

梅の木の下に貝母のみどり立つ十本ほどの茎を並べて

さむざむと暮るる峡より下る道ひとところ溜まる水の光や

いとけなき少女にてありしが五十余年経てわが前に声太く立つ

あるときは互(かたみ)の憂ひ分かつごと猫を抱けり帰り来りて

わたつみ

鮮やかにみづからの影映しつつ朝の川面を飛ぶ鳥ひとつ

水平線に立ち上がる雲の輝きを反すわたなか波のしづかさ

夏雲の解けてうすぐもる空の下青わたつみもすでに翳りぬ

わが船の近づきてゆく半島の先端にして赤き切り岸

海の面をひた駆くる魚の広げたる鰭（ひれ）に七月の真日さし透る

海藻のちぎれ漂ふはかなごと見てをり旅のあはれのひとつ

わたつみに光の束を延ばしつつ日が入りてゆく佐渡のかたへに

ひとつまた一つ点れる島の灯を数えて船の甲板に立つ

五月雨

をやみなき五月雨(さみだれ)のなか樟の木はさながら花の香をふりこぼす

過誤ひとつ思ひて長きひと日過ぐ梅の若葉に雨降りやまず

まのあたり潮の目みえて海中の曇りのむかう日は入らんとす

入りつ日の名残りの光に今しばし低き群雲のめぐり煌めく

みづからの重さに沈みゆくごとく大いなる日が山の端に入る

東日本大震災　　二〇一一年

大地震ありと繰り返すわがラジオ蜜柑の剪定止めて聞きをり

東北より続く大地は揺るるなり真昼間われの立つ峡の畑

耕されて美しき畑たちまちに津波覆へり今のうつつに

かくのごとき別れのあるを命ある者は津波の惨をみて立つ

憤り悲しみの分かちなきままに津波に遭ひし人は黙すも

土深く地割れしとぞこの青き星の平和は泡沫(うたかた)にして

白神山地

湖の辺(ほとり)にひと木たつ胡桃暮れゆく幹に水音ひびく

県境を流れ来し水湖(うみ)に入るためらひのなき光のままに

ふり仰ぐ木々いや高く鷦鷯(みそさざい)の声は梢のあたりにひびく

渓流を離りきて光浴むところかぐろき桑の実ひとつふふみぬ

二百五十年生きて洞もつ山毛欅(ぶな)の木の白き膚(はだへ)のみづみづしけり

生日

なにもかもこれで終ひといふやうに八月の風簾(すだれ)をたたく

いづこにか雨しぶきゐんくらぐらと昼寝の部屋の畳にほふも

雨水の溝を流るる音をきく籠りてながき一日の部屋に

台風の過ぎたるのちの風寒し日本列島水浸しなり

やうやうに暑さゆるぶと仰ぎ見る空あをきかなわが生日の

わが指に潰されて点のごとき蟻机の上にしばし見てをり

植ゑ替へてつひに芽吹かぬ風知草葉叢揺らしし風を恋しむ

健やかなる声聞くごとき歌集あり読みて隔たる時を思ふも

つひにして訪はざりし庭の合歓の花酔芙蓉の花遺歌集のなか

招かれて訪はざりしこと今さらにわが生拙し遺歌集を受く

野路菊（のぢぎく）

畑隅に生ふる野路菊あふれ咲く細々と立つ茎の乱れて

石垣に咲く野路菊の花の香のあやしきまでにただよふ夕べ

両の手に花のかをりを抱え持つゆたかに咲ける野路菊の束

やうやくに蜜柑の収穫終はらんと告ぐべき母はうつつに在らず

一箇月続きし蜜柑穫り入れの明日は終はらんと日記にしるす

石古りし六地藏尊に供へんと野菊を摘めり茎を手折りて

相共にみかん畑に働けばかたみの嘆きへだてなく聞く

風音

二〇一二年

風音は空の高処を吹き渡る一月の光木々に揺らして

冬の日の入るにしばしの時のあり欅の木末風にかがやく

庭木々のあはひに生ふる万両が二尺の位置に重き実を垂る

ひと月を隔てて電話の声をきく衰へてなほひたすらな声

ほそぼそと洋品店を営むとぞ友住む町の駅に降り立つ

人の名を思ひ出だせず途切れたる会話のありぬ十日前にて

白鳥

枯れ葦の踏みしだかれし径をゆく白鳥あそぶ水の辺（ほとり）へ

白鳥の群れに幼き一羽あり黄の色いまだあはき嘴（くちばし）

水中に首さし入るる白鳥の背の骨格があらはに光る

はるばると来りて遊ぶ白鳥ら命あるものの躰まばゆし

水底の石も見ゆるやくりかへし川に潜りて上ぐる眼は

かよひあふ言葉のあればはうと呼びかうと応へる水にゐる鳥

たづさへて渡り来し鳥この川に漂ひながら躰寄よせあふ

禍ありしみちのくの広き空よぎりわたり来(きた)るや白鳥六羽

渡りつつ幾つ悲しき景見しや声もたてなく水に浮く鳥

雨に籠り寒さにこもり家居する賜物（たまもの）のごときわが冬の日々

年年にわが悲しみをいざなふは三月の空まぶしき光

鵯はけふも来ざらん冬ざれの庭の寒気を裂く声きかず

埋めおきしチューリップ球根五十球まづはま白き花より開く

纏(まっ)はれる思いひ遣らはんと口笛をふくことのあり吾のみが聞く

若葉

熊六頭撃たれて決着せしごとくそののちの事伝へ聞かざり

わが窓にまぢかく見えて槻の木の若葉ひにけに重くなりゆく

とどろきを空に放ちて幛は立つ若葉ゆゑ音さわがしからず

丘畑の杏のひと木枯れたるを春来れば惜しむ花のくれなゐ

荘内

あかときのいまだも昏き海に入る水ほそほそと光れるがみゆ

日の出づるはあの辺りかと海の上の雲あかるめる空を見てをり

広々と水平線の見ゆるなり日本海きのふもけふも曇れる

いまだ苗立たぬ水田に影映し八重桜ひと木花にあかるむ

柿ひと木梅のひと木が残りをり藤沢周平生家跡地に

風さむき庄内の村水の田は苗たつ前の静けさにあり

この宿に藤沢周平泊まりしとぞただそれのみにわが旅はよし

みちのくの宿に孟宗竹を食ふきのふもけふも旨し粕汁

荘内の言葉やはらかきをよろこぶにけふは乗り合ひバスに聞く声

海月(くらげ)水族館

さながらに点と線とが漂へり生れてまのなきギヤマン海月(くらげ)

ゆるゆるとせまき水槽におのが足彼の足からみ浮かぶ海月は

捕食せしプランクトンに染まりたる海月の傘はうすくれなゐに

ながき足からみあひつつ浮かびゐる海月に急ぎゆくところなし

樟の花

朝いまだしづもる大き樟の下音かすかにて花の散りつぐ

褐色にかはきて積もる樟の花その粒粒（りふりふ）を道に踏みゆく

ひとたびも反論の声聞かざりきこよひ一人の友にこだはる

忘るるといふにあらねど人の名をききて心の騒がずなりぬ

浅　草

浅草の門前町を子と歩む若からぬ吾のいたはられつつ

形見ともなるべきひと日浅草に子と連れ立ちてどぜう鍋食ふ

浅草の喧騒に疲れたるわれは古書店の中にしばらく憩ふ

葛飾は下町にして閑かなるアパートに四年過ごしたり子は

納骨

丘の上の廟所のそがひ木々古りて夏の名残のみんみん啼けり

とどこほりなき納骨の儀式にて香煙のなか知る人のなし

母の遺骨納めて山を下りゆくあるところ木犀の花の匂ふも

わが家を遠くはなれて骨を納む帰りきてさびし母のなき家

天地のいまだ音なきあかつきに息づくもののひとりぞ吾は

燈の下に下がれる蜘蛛の影うごく見えざる糸が壁に映りて

逝きて四年夏のブラウス褪せぬまま写真の母は微笑みてをり

秋日

切除して痛むはずなき胆嚢のあたり手をおく何のはづみか

思ひ違ひのひとつに触れず哀へのあらはなる手紙に応へんとする

耳ちかくよぎる秋の蚊まぼろしにあらざるものをまた見失ふ

先立ちし人は誰しも智者にして遺影の眼ひたに吾を見る

炉の内に柩の位置を定むるに君の重さに揺らぐたまゆら

まさびしく秋日差すなか無花果の熟るる実のあり小さきままに

この寺の貧しきさまもたふとけり軒の釣鐘にて刻を告げゐる

十二月

ひとときの心遊びて草を引くセロリの畑にセロリ匂へり

恙なく一年老いて峡畑に蜜柑摘みをり夫とわれと

雨ふればひと目倉庫に蜜柑選る三十日間いとまのあらず

かの人の逝きて幾年経しならん段畑の跡葎(むぐら)がおほふ

またひとつ蜜柑畑の荒れゆくをただ目守(まも)るのみ日々ゆく道に

おほかたの広葉散りたる無花果に荒々と秋の光差し入る

枝の秀に残る無花果あをきまま乾ぶものあり風に吹かるる

山峡にけふも蜜柑の収穫すこの世のことに疎くなりつつ

かにかくに働く者の自負のありけふの疲れに足りて眠らん

鼠　仔

二〇一三年

わが腕に躰ゆるびて眠る猫人語をもたぬものをかなしむ

端座する二本の足に巻かれたる猫の尾媚びるためには振らず

膝の上にししむら重く眠る猫なれのあしうらいつも冷たく

くはへきて猫の置きたる鼠仔のうすあかき膚日にすきとほる

アルジェリアの悲劇

外つ国に果てし子の名を呼びつづくる母の姿の映し出ださる

突然に命奪はれし子の名呼ぶ今この母に近づくな誰も

あるがまま乱れて泣ける老母の映し出さるるかかる罪はも

手紙

とりわきて待つ手紙などあらざるにひとり居の午後耳さとくゐる

日日(にちにち)の労苦のなかに輝くと言ふべし老いてかへりみるとき

落つるべき枯葉といへど日の差せば柏の広葉いつせいに照る

一年はたちまち過ぎて冬ざれの柏の広葉窓に見てをり

かたくなな容（かたち）と思ふ枯れがれの柏の葉群風に吹かるる

わが畑を訪ひくれし一日あり吉田和気子氏の訃報がとどく

労働の日々を羨しと言ひたるを病臥に倦みし声と思ひき

幣辛夷

ひとつらの土押し上げて芽吹きたり隠元豆の種おくところ

ほのかにもかがやく紅に近づけば花びら吹かれ幣辛夷(しでこぶし)咲く

土みづくなかに生ひ立つ幣辛夷花は早春の光にふるふ

叱られし記憶のなきをかなしめり母逝きて五たびの春を迎ふる

約束をもたぬ一日のうらうらと日の差す庭に出でて草引く

朝々のひとりの歩みに確かむるあを葺生うる川水の音

ひととせの思ひのかぎり放つごと白山吹は実をふりこぼす

雨にこもる夫の部屋より聞こえくる電子音に鳴く杜鵑のこゑ

羅漢像

海よりの光あつめてうち立たす羅漢像古りし石の静けさ

春疾風空にとどろく寺山の日の差すところ羅漢像立つ

＊静岡県　清見寺

さながらに阿羅漢の声湧きあがる海よりの風騒立つなかに

風化して容（かたち）くづるる阿羅漢の面輪（おもわ）ひとつひとつをのぞく

つひえゆくままにし立たす阿羅漢の面輪おもわに差す春の日は

ここに来て何をか遣らふうつしみの吾と阿羅漢ともに日を浴む

うつしみのわれを囲みてうち立たす羅漢像古りし石のぬくもり

天草

天草の島の坂道行きゆけば海光り熟るる枇杷の実の照る

デイゴの花零るる道は天草の海みゆる道曲がりまがりて

旅をゆく心にしみて集落の栗のひと木に花あふれ咲く

空に青残れるままに暮れてゆく天草の海六月十日

ひそやかに守り伝へし吉利支丹のもんじ遺れり「あんめんじうす」

樟落葉

朝の風いまだ動かぬ樟の下落ち葉ひとつの音ひびきけり

午睡後の躰ふはふはとたつときに耳鳴りのごと遠き雷鳴る

かたまりてひとつ光に咲きてゐし椎の木夏の山にまぎるる

くらぐらといかづちの雲近づけり茄子も胡瓜も早く畑に

萌えいでてほそぼそと立つ人参の打たれてをらん夜半の雷雨に

きのふより厨にひそむ蟋蟀のおとろへぬ声今朝もきこゆる

母の息絶えたる暁思ひ出づ風なく物音なき夏の朝

食足りてわが傍らに座る猫はや追従の顔にはあらず

炎暑

太りゆく蜜柑の手応へたしかにて摘果作業は八月に入る

午後三時過ぎて畑へ出でむとすわが身を灼かん炎暑の中へ

暮近く蜩のこゑ湧きあがる山片陰の木立のなかに

遠き日にわがあくがれし篠笛を老いて吹くなりさびしき音ぞ

少しずつ体調もどる予感あり今夜(こよひ)厨をねんごろに拭く

葉を落とす風を待つがに姫沙羅はビルのあはひに幹ほそく立つ

ひとしきり降る雨音に打たれたる躰平たくなりて目をあく

花過ぎし萩の木下のくらぐらと止みてまた降る秋さむき雨

雨　跡

二〇一四年

物音なき朝と思へば立ち出づる道にかすかな雨の跡あり

かにかくに恙なき二人連れ立ちて神詣でする年の始めの

ストーブに熱(ほて)りし頬をもてあます会議はすでに二時間経たり

黒髪のゆたかに長きをとめごは子の妻とならむ桜咲くころ

冬枯れの庭に音なく雨の降るたまもののごとき吾のいち日

雨あとの松にてらてらと差しゐたる春の日やがて山に沈みぬ

寒ければ畑に行かざる一日のあはあはとして過ぐるに早し

枯れがれて枝にし垂るる柏の葉けふ降る雨の滴りやまず

明日はまた寒さ戻るとぞ庭に引く草ふかぶかと根を広げをり

一年の中のひと日を満たしたり味噌一樽の仕込みを終へて

けふよりは子の妻とならんをみなごのやさしき声をわれはよろこぶ

子の婚を終へてしづけき朝明や三月の雨ほとほと降る

冷えびえとひと日の曇昏るるころ日向水木(ひうがみづき)の黄のうすあかり

病室

寺森の空にひびきて今宵鳴く青葉梟（あをばづく）のこゑ幾年ぶりか

明日になれば開かむ紅き蓮の花夏日の下に蕾尖（とが）れり

真昼間の検査病棟の静けさや外の面に夏の草なびきをり

体調にともなひ気力に起伏ありこの当然を嘆くともなし

暑し寒しとわがまま言ひて病み臥せる夏の一日ほとほと長し

病室の窓高ければ直接に天空の光わが前にあり

高層の窓より見えてたひらかに無音無臭の町くれてゆく

いち日の曇りの果てのゆふあかり今ほのぼのと山の端に差す

夕ぐれに空ゆく鳥の群れやすくひとむきに飛ぶたひらかに飛ぶ

日にみたび鎮痛剤を欲る人のこよひやすけき寝息きこゆる

明けやらぬ空よりとどく集まりてさへづる鳥の声のたのしき

内海をへだつる半島のあけそめて人家の灯りいつしか消えぬ

あかときの町を行き交ふトラックの底ごもる音病室に聞く

町なかをよぎる高架路つらなりてトラックの灯絶ゆることなし

ほとほとに疲れてをらむ病室に吾を置き夫は帰りゆきたり

藤 袴

午前二時に目覚むる癖の残るまま退院ののち四日過ぎたり

十日あまり病みこやるまに窓外はみなぎらふ秋の光となりぬ

蘇る過誤ひとつありたまさかに若き日の写真手にとるときに

ほほけたる藤袴の花刈らぬままいとまなき冬の日々を重ぬる

ここよりは七曲がりの坂わが畑の目印として建つ蜜柑小屋

かぎりなくふる雪片に遅速あり渦巻く風の止みしときのま

日の在り処わからぬままに暮れてゆく庭に降る雪しげくなりたり

寒き夜の有線放送の尋ねびと久しく会はぬ友の名を呼ぶ

部屋内にストーブの炎響きをり雨降るけふのいとまたのしく

葉を落としすがすがと立つ槻の木の木末にふれて雲迅くゆく

冬に入り躰おもたくなれるかな日を浴みし猫抱きあげたり

収容所跡　　二〇一五年

収容所在りしは此処と土を掘る七十年経て樹林の中を

絶滅収容所今に暴かるいちどきにユダヤ人四千人殺されし所

ユダヤ人虐殺の記録映画をつまびらかに見す正月一日

諏訪湖

うち寄する波そのままに凍りしか湖の上白き幾筋

かすかにも寄する波あり湖岸の薄氷ゆらぐ音をたてつつ

雪おほふ木の間にひかるは千曲川息ごもる車窓にをりをり見ゆる

屋根のなきプラットホームに降りたちぬ北飯山に雪ふりしきる

クリスマスローズ

十年を隔てふたたび子と暮らす互(かたみ)にはぐくみ来しものありて

子の培ふクリスマスローズ十鉢の花それぞれの色に咲きたり

よすがらの風収まりしあかときにふはふはとして臥所より立つ

春の光さす窓の辺に朝々のならひとなりし薬飲むなり

のみど反らしひとかたまりの薬のむいまだ少しく生き延びむため

若き日にかなはざりし夢のひとつにてけふは朝より篠笛を吹く

金峰山

ひとりにて金峰山に登りたる子がはればれと夜半に帰り来

金峰山の土産なるべしはうたうの包みが朝の卓上にあり

もの言はぬ猫のぬくもり膝に置くかたみの思ひ分かつごとくに

いつよりか雉鳴く声をきかずなり畑荒れて高架路とほるわが町

やうやうに手紙書きをへし昼つかた庭に草引く風冷ゆるまで

頑(かたくな)と言はれし農の逝きしのちただ荒るるのみ山の畑は

農業はたのしきといふ若人の記事あり一日われを励ます

山間(やまあい)の畑より帰る夕つ方太くみじかき虹の付きくる

讃美歌

きのふまで君の暮らしし家内にオルガンの鳴り讃美歌うたふ

先立ちし父母おとうとの遺影あり家内あかるく春の日の差す

夜更くるまで歌を語りしは幾たびぞその家今は友のいまさず

雨の中きたるうつしみ雨の香をもちて柩のめぐりに立てり

すでにしてこの世にあらぬ静けさの底ひにゐます君のかんばせ

*伴啓子さん

八幡平

湿原の空広ければ湧くごとく綿菅（わたすげ）の絮（わた）わが前をとぶ

山上の水のほとりのしづかさや日に温まる石に休らふ

たえまなく光押されて寄する波山上の沼来る人のなく

小鳥らの声さへぎりもなく満ちて沼の辺に木々そそり立つ

水の面に雲と残雪映しゐる山上の沼ふかく澄みたり

＊（蓬莱沼）

焼山ゆ下る流れは乳色に濁りて硫黄のつよき香放つ

地中より噴き出づる音は天地(あめつち)の太古のものぞ畏れつつ聞く

老いびとも若きもありて焼山の硫気吐く地に体よこたふ

ラジウムの湧くところとぞ茣蓙敷きて体よこたふ人らの見ゆる

ゆく道のほとりに体よこたふるは病む人らにて声をたてざる

くれぐれの

くれぐれの庭土のうへ沢蟹のうすらに紅き骸（むくろ）ありたり

昨夜降りし雨に流され来りしや沢蟹の骸庭に拾ひぬ

ひと夏の暑さの過ぎて何がなし寂しきなかのわれの生日

名をよべば夕ぐれの庭駆けて来し猫が戸口に入るをためらふ

望月

山ぎはの空くれなゐの滲みつつ今し昇らん月を待ちゐる

山陰ゆ出でしばかりの大き月ぬらぬらと光したたるばかり

むら雲のあはひより差す月光は直接にしてわれを照らしぬ

もちづきの光くまなく照らしたり空青きかな雲白きかな

火　災

二〇一六年

四時間ほど町をはなれてをりし間に焼け落ちし寺わが家より見ゆ

其処ここに煙上れる焼け跡を囲みて声を上ぐる者なし

焼け落ちし伽藍は黒き塊となりてけぶるを見て立ち尽くす

鐘楼のありしところにうづたかく焦げし材あり焦げし鐘あり

供華の殻燃したる火より移りしとふ伽藍焼け落つるまで一時間

ありなれて視野にありたる大寺の甍の見えずけふのわが庭

樟

大き樟の木末より一葉落つる音このしづけさに吾は立ちたり

亡き人は遠くなりたり蜜柑畑ありしところに杉の太れる

才ありてつひにさびしき生なりき古りし一冊の歌集読みけり

安達太良の山より今し下りしとふ正月三日子のメールあり

一年の衰へかたみに知るゆゑに今年も蜜柑の木を伐らんとす

蜜柑の木ありしところに何植ゑんさびしき景の慰めとして

嘆きつつ農に従ひし若き日よ老いて思へば輝きのあり

風荒れしひと日やうやく暮るる頃光を負ひて雲移りゆく

生家

幼な名にて見知らぬ人に呼ばるるを戸惑ひながら喪の席にをり

ふたたびは生家訪ふことなけんおほかた弔ひのために来(きた)りき

若き日の父の奢りか生家には乗馬のための馬飼はれをり

葉をもたぬ槻の梢の揺れゆれて一月の空泡立つばかり

未来

蜜柑の木を伐るとみじかく吾に告げ夫はひとり畑に行きたり

蜜柑の木を剪定しつつ見出でたる頬白の巣の古りしをはづす

沖縄の知事の額のふかき皺負ふべきものはわれらにもあり

さしあたり行くあてなきにわが恋ふる都井岬(といみさき)の風に立つ馬

満ちて咲く枝垂桜のあかるさや目に見ゆる風たえまなく吹く

栴檀の枝硬からむ空たかく吹く風のなか幹ごと揺るる

わが庭より見えて五十年変はるなく栴檀はことしの芽を吹きはじむ

むらさきの栴檀の花咲きみちてさながら五月の空にただよふ

老いて得しかかるいとまも良しとせん診察を待ち半日過ごす

ゆきずりに見えてさびしも河原に光を曳きてゆく水のあり

夏服に似合ふ翡翠のイアリング片方失せしまま一年の過ぐ

阿蘇地震

詣でしは三年前ぞ阿蘇神社の大屋根地震にくづるるが見ゆ

今ひとたび訪ひたき所阿蘇の地の地震の報道怖れつつ聴く

幾日も余震のつづく熊本に住む友今はいかにかあらん

そがひなる山ゆ寺庭に吹き下ろす風はいにしへの響を伝ふ

風の音木々の響きのわかちなく古きみ寺の庭に立ちたり

佐渡

岬山の広きなだりを濡らす雨花びらつよく黄菅咲きたり

苗立ちし水田につづく佐渡の海漁(いさ)りにむかふ舟が出でゆく

猪も鹿も住まぬとふこの島に白根葵はいづこにも咲く

日日(にちにち)の暮らしおのづから思はれて漁りの網を干す家並ぶ

佐渡平野見下ろす丘に咲き盛る谷空木また茱萸の白花

金脈を掘り下げし山の裂け目より五月の空みゆ白き雲みゆ

鳥の声直截にしてひびく山金掘りし跡にそびゆる岩壁

坑道の跡とふ闇より吹きいづる風あり現(うつつ)のものとしもなく

うつつ世の五月の光射るごとし坑道跡を出でて歩めば

佐渡島(さどがしま)の真なかの山を登る道ゆくて狭めて谷空木咲く

佐渡島に三日遊びて帰らんにけふも曇れる海の上の空

庭土

花の季過ぎし葉叢のしづかさや吹き入りて樟にこもる風音

目覚めしは息づまるごとき夜半の闇遠きいかづちの光が届く

土の中に置きたる藷も菜の種もふくらみてゐんけふ降る雨に

朝まだき畑に向ふ道の辺に狗尾草（えのころさう）は露にぬれをり

かぐはしき風ただよはん窓外に花みちて立つ桜ひと木は

ひそやかに過ごししひと日よろこびて飯(いひ)に対(むか)へり早き夕べに

背まるく歩む媼に近づきてわが友と知る知りて寂しき

えのころ草

ひとり来て憂ひやらはんためと思ふ汗垂りて蜜柑畑に働く

生きてある証のひとつとどこほる悲しみもちて眠らんとする

捨つるべきもの捨てぬまま夏過ぎてわが生日のちかくなりたり

雑草といへどその名のたのしかりえのころ草が路傍に揺るる

春さればわれは恋しむ翁草のましろき絮のとぶ草野原

蔦温泉　　二〇一七年

山ふかく一軒家なる古き宿夕暮るるころたどり着きたり

昼くらき林を行けばをちこちに音の響きて水の匂ひす

行きゆきて林の中のひとつ沼澄みとほる秋の空を映せり

沼あれば沼にちかづく水の辺の撫楓など紅葉づる早し

歩み入る林のなかにとどろくは伏流水の湧き立つところ。

ふた夜寝て明日は帰らん山深き宿によすがら降る雨の音

夜をこめて降りたる雨のはるる庭山の栗の実音たてて落つ

惜しみつつ時過ごしたりこの宿の広き廊下の揺り椅子ひとつ

セーター

逝きてより十年の経つ母の編みしセーター肩掛けいよいよ温し

帰り来し猫の足裏を拭きてやる雨に出でしをたしなめながら

収穫のまぢかき蜜柑吹かれゐん夜更けてつのる凩の音

悲しみも生あるうちと思ひをりわが山峡ははやも暮れつつ

晴るる日の朝より机に対ひをり自らゆるす怠惰のかたち

春待つ心

二〇一八年

老いてゆく具体の一つわが指に茄子もオクラも棘のするどし

おのづから春待つ心動きつつチューリップの球根土に埋むる

台風の名残りの風の吹き荒れて躰ただよふごときいち日

たよふれば諧謔に似んいきほひて語りしのちのこの寂しさは

散り残る楓の朱のきはまりて朝の寒気に光を放つ

いまだ風吹かぬ欅の木末には声のとほりて鵯が鳴く

うから等と共に暮らして寂しきかひとしきり語り媼帰りぬ

二〇一九年

欅(けやき)

ありありと時は過ぎゆき窓の辺にわれの見てゐる葉のなき欅

おだやかに過ごしし一日よろこびて飯に対へり早き夕べに

人老いて蜜柑の木々は伐られたりかかる哀れの他人事ならず

沈みゆく冬の日枝にかがやきてしばしはなやぐ大き欅は

目にみえて梢うるほふ頃となるおほどかに揺るる欅見てをり

まなくして芽吹かん枝をおしひろげ欅しづけし夕べの曇り

風つよきひと日やうやく昏るるころ三月の光庭木々にあり

友逝く

まのあたり応ふる人にあらざるをわが近づきて言問ふ君に

あひ寄りて歌を語りし年月のながきを思ふなきがらの辺に

読みさしの本積みしまま三月の半ば蜜柑の剪定つづく

目守りくれし人しみじみと思ふときすでにうつつの声の在(いま)さず

温室にラジオ響かせをりし人いつよりか働く姿の見えず

ほのぼのと山はけぶりて芽吹くらしにはかに寒さゆるびしけふは

拉致されし子らを返せと訴ふる父母老いたり兄の老いたり

土佐水木

春はやく黄の色灯すごとく咲く土佐水木にひと日降るさむき雨

意にかなふ職を得たるか子の手紙簡潔にしていきほひのあり

澄みとほる五月の空に応ふごと山々に椎の花はかがやく

グリンピースのをさなき莢(さや)も喰ひ散らす遊びのごとし鴉の跡は

なつかしむ日のいつか来んわが畑より見えてかがやく楢の若葉を

去年ありしところに生ふる百日草過ぎし日月の哀歓はなし

かがよひて栴檀ひと木立つところおもおもと花の香の動きつつ

山桜

風に飛び風なきに散る山桜その片々をわが肩に受く

もろごゑの空に放たるごとくにて山の桜は光りつつとぶ

花弁とぶ空にいくすぢの道のあり日の差すところ影濃きところ

地に敷きてなほも渦巻く花びらの悦楽のさましばし見てをり

山峡に働きてかかるひと日ありわがみかん畑に桜しき降る

をりをりの息づまるごときしづかさや山の桜の散るが止むとき

後記

この歌集は『雉のこゑ』『土明り』『空なほ遠く』に続く私の第四歌集です。平成二十一年（二〇〇九年）から令和元年（二〇一九年）までの作品から選びました。忙しく蜜柑畑に働く生活に変わりはありませんでしたが、十年前に母を見送った後は否応なく自らの老いに対うことになりました。体力の衰えてゆくなかで優先すべきものについて考える時が来ました。

山に近く海の見えるわが畑。周辺は国定公園に指定されている自然環境の中で働く日々です。鳥の声、風の音を聞き、風を感じます。春には止むことなく花びらを降らす山桜の木を見上げることも。平凡な日日において思いがけない歓喜の時のあることに感謝するばかりです。

喜びばかりではない日々。それでも今日は昨日と別の風景があり、そこに立つ私の感情にも揺らぎがあるのです。生きているという実感が嬉しい。短歌とはそうした一瞬一瞬を捉えて言葉に置き換える変えることだと思います。
この先どのような日々が訪れることか、想像できませんが、出来ることなら私の傍らにつねに短歌がありますように願うばかりです。
今回も砂子屋書房の田村雅之様には大変お世話になりました。厚く御礼申し上げます。

令和四年九月

神田あき子

著者略歴

神田あき子（かんだ　あきこ）

昭和一九年　愛知県蒲郡市に生まれる
昭和四九年　「歩道」入会
平成一二年　第13回「短歌現代」歌人賞受賞
歌集『雉のこゑ』『土明り』『空なほ遠く』
「歩道」同人、現代歌人協会会員、
日本歌人クラブ会員、中部日本歌人会会員

歌集　春蟬鳴けり

二〇二三年一月一〇日初版発行

著　者　神田あき子
愛知県蒲郡市清田町門前二一一五（〒四四三―〇〇〇二）

発行者　田村雅之

発行所　砂子屋書房
東京都千代田区内神田三―四―七（〒一〇一―〇〇四七）
電話　〇三―三二五六―四七〇八　振替　〇〇一三〇―二―九七六三一
URL　http://www.sunagoya.com

組　版　はあどわあく

印　刷　長野印刷商工株式会社

製　本　渋谷文泉閣